Le plaisir du texte

Roland Barthes

Le plaisir
du texte

© Éditions du Seuil, 1973.

Éditions du Seuil

ISBN 978-2-7578-4005-4
(ISBN 978-2-02-001964-4, 1ʳᵉ publication)

© Éditions du Seuil, 1973

La seule passion de ma vie a été la peur.

Hobbes

Le plaisir du texte : tel le simulateur de Bacon, il
peut dire : *ne jamais s'excuser, ne jamais s'expliquer*. Il ne nie jamais rien : « Je détournerai mon
regard, ce sera désormais ma seule négation. »

Fiction d'un individu (quelque M. Teste à
l'envers) qui abolirait en lui les barrières, les
classes, les exclusions, non par syncrétisme, mais
par simple débarras de ce vieux spectre : *la contradiction logique* ; qui mélangerait tous les langages,
fussent-ils réputés incompatibles ; qui supporterait,
muet, toutes les accusations d'illogisme, d'infidé-
lité ; qui resterait impassible devant l'ironie socra-
tique (amener l'autre au suprême opprobre : *se
contredire*) et la terreur légale (combien de preuves
pénales fondées sur une psychologie de l'unité !).
Cet homme serait l'abjection de notre société : les
tribunaux, l'école, l'asile, la conversation, en
feraient un étranger : qui supporte sans honte la
contradiction ? Or ce contre-héros existe : c'est le

lecteur de texte, dans le moment où il prend son plaisir. Alors le vieux mythe biblique se retourne, la confusion des langues n'est plus une punition, le sujet accède à la jouissance par la cohabitation des langages, *qui travaillent côte à côte* : le texte de plaisir, c'est Babel heureuse.

(*Plaisir/Jouissance :* terminologiquement, cela vacille encore, j'achoppe, j'embrouille. De toute manière, il y aura toujours une marge d'indécision ; la distinction ne sera pas source de classements sûrs, le paradigme grincera, le sens sera précaire, révocable, réversible, le discours sera incomplet.)

*
**

Si je lis avec plaisir cette phrase, cette histoire ou ce mot, c'est qu'ils ont été écrits dans le plaisir (ce plaisir n'est pas en contradiction avec les plaintes de l'écrivain). Mais le contraire ? Ecrire dans le plaisir m'assure-t-il – moi, écrivain – du plaisir de mon lecteur ? Nullement. Ce lecteur, il faut que je le cherche (que je le « drague »), *sans savoir où il est*. Un espace de la jouissance est alors créé. Ce n'est pas la « personne » de l'autre qui m'est néces-

saire, c'est l'espace : la possibilité d'une dialectique du désir, d'une *imprévision* de la jouissance :
que les jeux ne soient pas faits, qu'il y ait un jeu.

On me présente un texte. Ce texte m'ennuie.
On dirait qu'il *babille*. Le babil du texte, c'est
seulement cette écume de langage qui se forme
sous l'effet d'un simple besoin d'écriture. On
n'est pas ici dans la perversion, mais dans la
demande. Ecrivant son texte, le scripteur prend
un langage de nourrisson : impératif, automa-
tique, inaffectueux, petite débâcle de clics (ces
phonèmes lactés que le jésuite merveilleux, Van
Ginneken, plaçait entre l'écriture et le langage) :
ce sont les mouvements d'une succion sans objet,
d'une oralité indifférenciée, coupée de celle qui
produit les plaisirs de la gastrosophie et du langage. Vous vous adressez à moi pour que je vous
lise, mais je ne suis rien d'autre pour vous que
cette adresse ; je ne suis à vos yeux le substitut de
rien, je n'ai aucune figure (à peine celle de la
Mère) ; je ne suis pour vous ni un corps ni même
un objet (je m'en moquerais bien : ce n'est pas en
moi l'âme qui réclame sa reconnaissance), mais
seulement un champ, un vase d'expansion. On

peut dire que finalement ce texte, vous l'avez écrit hors de toute jouissance ; et ce texte-babil est en somme un texte frigide, comme l'est toute demande, avant que ne s'y forme le désir, la névrose.

La névrose est un pis-aller : non par rapport à la « santé », mais par rapport à l'« impossible » dont parle Bataille (« La névrose est l'appréhension timorée d'un fond d'impossible », etc.) ; mais ce pis-aller est le seul qui permet d'écrire (et de lire). On en vient alors à ce paradoxe : les textes, comme ceux de Bataille – ou d'autres – qui sont écrits contre la névrose, du sein de la folie, ont en eux, *s'ils veulent être lus*, ce peu de névrose nécessaire à la séduction de leurs lecteurs : ces textes terribles sont *tout de même* des textes coquets.

Tout écrivain dira donc : *fou ne puis, sain ne daigne, névrosé je suis*.

Le texte que vous écrivez doit me donner la preuve *qu'il me désire*. Cette preuve existe : c'est l'écriture. L'écriture est ceci : la science des jouissances du langage, son kāmasūtra (de cette science, il n'y a qu'un traité : l'écriture elle-même).

Sade : le plaisir de la lecture vient évidemment de certaines ruptures (ou de certaines collisions) : des codes antipathiques (le noble et le trivial, par exemple) entrent en contact ; des néologismes pompeux et dérisoires sont créés ; des messages pornographiques viennent se mouler dans des phrases si pures qu'on les prendrait pour des exemples de grammaire. Comme dit la théorie du texte : la langue est redistribuée. Or *cette redistribution se fait toujours par coupure*. Deux bords sont tracés : un bord sage, conforme, plagiaire (il s'agit de copier la langue dans son état canonique, tel qu'il a été fixé par l'école, le bon usage, la littérature, la culture), et *un autre bord*, mobile, vide (apte à prendre n'importe quels contours), qui n'est jamais que le lieu de son effet : là où s'entrevoit la mort du langage. Ces deux bords, *le compromis qu'ils mettent en scène*, sont nécessaires. La culture ni sa destruction ne sont érotiques ; c'est la faille de

l'une et de l'autre qui le devient. Le plaisir du texte
est semblable à cet instant intenable, impossible,
purement *romanesque*, que le libertin goûte au
terme d'une machination hardie, faisant couper la
corde qui le pend, au moment où il jouit.

*

De là, peut-être, un moyen d'évaluer les œuvres
de la modernité : leur valeur viendrait de leur
duplicité. Il faut entendre par là qu'elles ont toujours deux bords. Le bord subversif peut paraître
privilégié parce qu'il est celui de la violence ; mais
ce n'est pas la violence qui impressionne le plaisir ;
la destruction ne l'intéresse pas ; ce qu'il veut, c'est
le lieu d'une perte, c'est la faille, la coupure, la
déflation, le *fading* qui saisit le sujet au cœur de la
jouissance. La culture revient donc comme bord :
sous n'importe quelle forme.

Surtout, évidemment (c'est là que le bord sera le
plus net) sous la forme d'une matérialité pure : la
langue, son lexique, sa métrique, sa prosodie. Dans
Lois, de Philippe Sollers, tout est attaqué, décons-
truit : les édifices idéologiques, les solidarités intel-

lectuelles, la séparation des idiomes et même l'ar-
mature sacrée de la syntaxe (sujet/prédicat) : le
texte n'a plus la phrase pour modèle ; c'est souvent
un jet puissant de mots, un ruban d'infra-langue.
Cependant, tout cela vient buter contre un autre
bord : celui du mètre (décasyllabique), de l'asso-
nance, des néologismes vraisemblables, des
rythmes prosodiques, des trivialismes (citation-
nels). La déconstruction de la langue est coupée
par le dire politique, bordée par la très ancienne
culture du signifiant.

Dans *Cobra*, de Severo Sarduy (traduit par Sollers et l'auteur), l'alternance est celle de deux
plaisirs *en état de surenchérissement* ; l'autre
bord, c'est l'autre bonheur : *encore, encore,
encore plus !* encore un autre mot, encore une
autre fête. La langue se reconstruit *ailleurs* par le
flux pressé de tous les plaisirs de langage. Où,
ailleurs ? au paradis des mots. C'est là véritable-
ment un texte paradisiaque, utopique (sans lieu),
une hétérologie par plénitude : tous les signifiants
sont là et chacun fait mouche ; l'auteur (le lecteur)
semble leur dire : *je vous aime tous* (mots, tours,
phrases, adjectifs, ruptures : pêle-mêle : les signes

et les mirages d'objets qu'ils représentent); une sorte de franciscanisme appelle tous les mots à se poser, à se presser, à repartir : texte jaspé, chiné; nous sommes comblés par le langage, tels de jeunes enfants à qui rien ne serait jamais refusé, reproché, ou pire encore : « permis ». C'est la gageure d'une jubilation continue, le moment où par son excès le plaisir verbal suffoque et bascule dans la jouissance.

Flaubert : une manière de couper, de trouer le discours *sans le rendre insensé*.

Certes, la rhétorique connaît les ruptures de construction (anacoluthes) et les ruptures de subordination (asyndètes); mais pour la première fois avec Flaubert, la rupture n'est plus exceptionnelle, sporadique, brillante, sertie dans la matière vile d'un énoncé courant : il n'y a plus de langue *en deçà* de ces figures (ce qui veut dire, en un autre sens : il n'y a plus que la langue); une asyndète généralisée saisit toute l'énonciation, en sorte que ce discours très lisible est *en sous-main* l'un des plus fous qu'on puisse imaginer : toute la petite monnaie logique est dans les interstices.

Voilà un état très subtil, presque intenable, du

discours : la narrativité est déconstruite et l'histoire reste cependant lisible : jamais les deux bords de la faille n'ont été plus nets et plus ténus, jamais le plaisir mieux offert au lecteur – si du moins il a le goût des ruptures surveillées, des conformismes truqués et des destructions indirectes. De plus la réussite pouvant être ici reportée à un auteur, il s'y ajoute un plaisir de performance : la prouesse est de tenir la *mimesis* du langage (le langage s'imitant lui-même), source de grands plaisirs, d'une façon si *radicalement* ambiguë (ambiguë jusqu'à la racine) que le texte ne tombe jamais sous la bonne conscience (et la mauvaise foi) de la parodie (du rire castrateur, du « comique qui fait rire »).

L'endroit le plus érotique d'un corps n'est-il pas *là où le vêtement bâille*? Dans la perversion (qui est le régime du plaisir textuel) il n'y a pas de « zones érogènes » (expression au reste assez casse-pieds) ; c'est l'intermittence, comme l'a bien dit la psychanalyse, qui est érotique : celle de la peau qui scintille entre deux pièces (le pantalon et le tricot), entre deux bords (la chemise entrouverte, le gant et la manche) ; c'est ce scintillement même

qui séduit, ou encore : la mise en scène d'une appa-
rition-disparition.

Ce n'est pas là le plaisir du strip-tease corporel
ou du suspense narratif. Dans l'un et l'autre cas,
pas de déchirure, pas de bords : un dévoilement
progressif : toute l'excitation se réfugie dans l'*es-
poir* de voir le sexe (rêve de collégien) ou de
connaître la fin de l'histoire (satisfaction romanesque). Paradoxalement (puisqu'il est de consommation massive), c'est un plaisir bien plus
intellectuel que l'autre : plaisir œdipéen (dénuder,
savoir, connaître l'origine et la fin), s'il est vrai que
tout récit (tout dévoilement de la vérité) est une
mise en scène du Père (absent, caché ou hyposta-
sié) – ce qui expliquerait la solidarité des formes
narratives, des structures familiales et des interdic-
tions de nudité, toutes rassemblées, chez nous, dans
le mythe de Noé recouvert par ses fils.

Pourtant le récit le plus classique (un roman de
Zola, de Balzac, de Dickens, de Tolstoï) porte en lui
une sorte de tmèse affaiblie : nous ne lisons pas tout

avec la même intensité de lecture ; un rythme s'établit, désinvolte, peu respectueux à l'égard de l'*intégrité* du texte ; l'avidité même de la connaissance nous entraîne à survoler ou à enjamber certains passages (pressentis « ennuyeux ») pour retrouver au plus vite les lieux brûlants de l'anecdote (qui sont toujours ses articulations : ce qui fait avancer le dévoilement de l'énigme ou du destin) : nous sautons impunément (personne ne nous voit) les descriptions, les explications, les considérations, les conversations ; nous sommes alors semblables à un spectateur de cabaret qui monterait sur la scène et hâterait le strip-tease de la danseuse, en lui ôtant prestement ses vêtements, *mais dans l'ordre*, c'est-à-dire : en respectant d'une part et en précipitant de l'autre les épisodes du rite (tel un prêtre qui *avalerait* sa messe). La tmèse, source ou figure du plaisir, met ici en regard deux bords prosaïques ; elle oppose ce qui est utile à la connaissance du secret et ce qui lui est inutile ; c'est une faille issue d'un simple principe de fonctionnalité ; elle ne se produit pas à même la structure des langages, mais seulement au moment de leur consommation ; l'auteur ne peut la prévoir : il ne peut vouloir écrire *ce qu'on ne lira pas*. Et pourtant, c'est le rythme même de ce qu'on lit et de ce qu'on ne lit pas qui fait le plaisir des grands récits : a-t-on jamais lu Proust, Balzac,

Guerre et paix, mot à mot ? (Bonheur de Proust :
d'une lecture à l'autre, on ne saute jamais les
mêmes passages.)

Ce que je goûte dans un récit, ce n'est donc pas
directement son contenu ni même sa structure,
mais plutôt les éraflures que j'impose à la belle
enveloppe : je cours, je saute, je lève la tête, je
replonge. Rien à voir avec la profonde déchirure
que le texte de jouissance imprime au langage lui-
même, et non à la simple temporalité de sa lecture.

D'où deux régimes de lecture : l'une va droit aux
articulations de l'anecdote, elle considère l'étendue
du texte, ignore les jeux de langage (si je lis du Jules
Verne, je vais vite : je perds du discours, et cependant ma lecture n'est fascinée par aucune *perte*
verbale – au sens que ce mot peut avoir en spéléo-
logie) ; l'autre lecture ne passe rien ; elle pèse, colle
au texte, elle lit, si l'on peut dire, avec application et
emportement, saisit en chaque point du texte l'asyndète qui coupe les langages – et non l'anecdote : ce
n'est pas l'extension (logique) qui la captive,
l'effeuillement des vérités, mais le feuilleté de la
signifiance ; comme au jeu de la main chaude, l'excitation vient, non d'une hâte processive, mais

d'une sorte de charivari vertical (la verticalité du langage et de sa destruction) ; c'est au moment où chaque main (différente) saute par-dessus l'autre (et non l'une *après* l'autre), que le trou se produit et emporte le sujet du jeu – le sujet du texte. Or paradoxalement (tant l'opinion croit qu'il suffit d'*aller vite* pour ne pas s'ennuyer), cette seconde lecture, *appliquée* (au sens propre), est celle qui convient au texte moderne, au texte-limite. Lisez lentement, lisez *tout*, d'un roman de Zola, le livre vous tombera des mains ; lisez vite, par bribes, un texte moderne, ce texte devient opaque, forclos à votre plaisir : vous voulez qu'il arrive quelque chose, et il n'arrive rien ; car *ce qui arrive au langage n'arrive pas au discours* : ce qui « arrive », ce qui « s'en va », la faille des deux bords, l'interstice de la jouissance, se produit dans le volume des langages, dans l'énonciation, non dans la suite des énoncés : ne pas dévorer, ne pas avaler, mais brouter, tondre avec minutie, retrouver, pour lire ces auteurs d'aujourd'hui, le loisir des anciennes lectures : être des lecteurs *aristocratiques*.

Si j'accepte de juger un texte selon le plaisir, je ne puis me laisser aller à dire : celui-ci est bon,

celui-là est mauvais. Pas de palmarès, pas de critique, car celle-ci implique toujours une visée tactique, un usage social et bien souvent une
couverture imaginaire. Je ne puis doser, imaginer
que le texte soit perfectible, prêt à entrer dans un
jeu de prédicats normatifs : c'est trop *ceci*, ce n'est
pas assez *cela* ; le texte (il en est de même pour la
voix qui chante) ne peut m'arracher que ce jugement, nullement adjectif : *c'est ça !* Et plus encore :
c'est cela pour moi ! Ce « pour-moi » n'est ni sub-
jectif, ni existentiel, mais nietzschéen (« ... au fond,
c'est toujours la même question : Qu'est-ce que
c'est *pour moi* ?... »).

Le *brio* du texte (sans quoi, en somme, il n'y a pas
de texte), ce serait *sa volonté de jouissance* : là même
où il excède la demande, dépasse le babil et par quoi
il essaye de déborder, de forcer la mainmise des
adjectifs – qui sont ces portes du langage par où
l'idéologique et l'imaginaire pénètrent à grands flots.

Texte de plaisir : celui qui contente, emplit,
donne de l'euphorie ; celui qui vient de la culture,

ne rompt pas avec elle, est lié à une pratique *confortable* de la lecture. Texte de jouissance : celui qui met en état de perte, celui qui déconforte (peut-être jusqu'à un certain ennui), fait vaciller les assises historiques, culturelles, psychologiques, du lecteur, la consistance de ses goûts, de ses valeurs et de ses souvenirs, met en crise son rapport au langage.

Or c'est un sujet anachronique, celui qui tient les deux textes dans son champ et dans sa main les rênes du plaisir et de la jouissance, car il participe en même temps et contradictoirement à l'hédonisme profond de toute culture (qui entre en lui paisiblement sous le couvert d'un art de vivre dont font partie les livres anciens) et à la destruction de cette culture : il jouit de la consistance de son *moi* (c'est son plaisir) et recherche sa perte (c'est sa jouissance). C'est un sujet deux fois clivé, deux fois pervers.

Société des Amis du Texte : ses membres n'auraient rien en commun (car il n'y a pas forcément accord sur les textes du plaisir), sinon leurs ennemis : casse-pieds de toutes sortes, qui décrètent la forclusion du texte et de son plaisir, soit par conformisme culturel, soit par rationalisme intransigeant (suspectant une « mystique » de la littérature), soit par moralisme politique, soit par critique du signifiant, soit par pragmatisme imbécile, soit par niaiserie loustic, soit par destruction du discours, perte du désir verbal. Une telle société n'aurait pas de lieu, ne pourrait se mouvoir qu'en pleine atopie ; ce serait pourtant une sorte de phalanstère, car les contradictions y seraient reconnues (et donc restreints les risques d'imposture idéologique), la différence y serait observée et le conflit frappé d'insignifiance (étant improducteur de plaisir).

« Que la différence se glisse subrepticement à la place du conflit. » La différence n'est pas ce qui masque ou édulcore le conflit : elle se conquiert sur le conflit, elle est *au-delà et à côté* de lui. Le conflit ne serait rien d'autre que l'état moral de la différence ; chaque fois (et cela devient fréquent) qu'il n'est pas tactique (visant à transformer une situation réelle), on peut pointer en lui le manque-à-jouir, l'échec d'une perversion qui s'aplatit sous son propre code et ne sait plus s'inventer : le conflit est toujours codé, l'agression n'est que le plus éculé des langages. En refusant la violence, c'est le code même que je refuse (dans le texte sadien, hors de tout code puisqu'il invente continûment le sien propre et le sien seul, il n'y a pas de conflits : rien que des triomphes). J'aime le texte parce qu'il est pour moi cet espace rare de langage, duquel toute « scène » (au sens ménager, conjugal du terme), toute logomachie est absente. Le texte n'est jamais un « dialogue » : aucun risque de feinte, d'agression, de chantage, aucune rivalité d'idiolectes ; il institue au sein de la relation humaine – courante – une sorte d'îlot, manifeste la nature asociale du plaisir (seul le loisir est social), fait entrevoir la vérité scandaleuse de la jouissance : qu'elle pourrait bien être, tout imaginaire de parole étant aboli, *neutre*.

Sur la scène du texte, pas de rampe : il n'y a pas derrière le texte quelqu'un d'actif (l'écrivain) et devant lui quelqu'un de passif (le lecteur) ; il n'y a pas un sujet et un objet. Le texte périme les attitudes grammaticales : il est l'œil indifférencié dont parle un auteur excessif (Angelus Silesius) : « L'œil par où je vois Dieu est le même œil par où il me voit. »

Il paraît que les érudits arabes, en parlant du texte, emploient cette expression admirable : *le corps certain*. Quel corps ? Nous en avons plusieurs ; le corps des anatomistes et des physiologistes, celui que voit ou que parle la science : c'est le texte des grammairiens, des critiques, des commentateurs, des philologues (c'est le phéno-texte). Mais nous avons aussi un corps de jouissance fait uniquement de relations érotiques, sans aucun rapport avec le premier : c'est un autre découpage, une autre nomination ; ainsi du texte : il n'est que la liste ouverte des feux du langage (ces feux vivants, ces lumières intermittentes, ces traits baladeurs disposés dans le texte comme des semences et qui remplacent avantageusement pour nous les « *semina aeternitatis* », les « *zopyra* », les notions communes, les assomptions fondamentales de l'ancienne philosophie). Le texte a une forme humaine, c'est une figure, un anagramme du corps ? Oui, mais de notre corps érotique. Le plaisir du texte serait irréductible à son fonctionnement grammairien (phéno-textuel), comme le plaisir du corps est irréductible au besoin physiologique.

Le plaisir du texte, c'est ce moment où mon corps va suivre ses propres idées – car mon corps n'a pas les mêmes idées que moi.

Comment prendre plaisir à un plaisir *rapporté* (ennui des récits de rêves, de parties) ? Comment lire la critique ? Un seul moyen : puisque je suis ici un lecteur au second degré, il me faut déplacer ma position : ce plaisir critique, au lieu d'accepter d'en être le confident – moyen sûr pour le manquer –, je puis m'en faire le voyeur : j'observe clandestinement le plaisir de l'autre, j'entre dans la perversion ; le commentaire devient alors à mes yeux un texte, une fiction, une enveloppe fissurée. Perversité de l'écrivain (son plaisir d'écrire est *sans fonction*), double et triple perversité du critique et de son lecteur, à l'infini.

Un texte sur le plaisir ne peut être autre chose que *court* (comme on dit : *c'est tout ? c'est un peu court*), parce que le plaisir ne se laissant dire qu'à travers l'indirect d'une revendication (j'ai *droit* au plaisir), on ne peut sortir d'une dialectique brève, à deux temps : le temps de la *doxa*, de l'opinion, et celui de la *paradoxa*, de la contestation. Un troisième terme manque, autre que le plaisir et sa censure. Ce terme est remis à plus tard, et tant qu'on s'accrochera au nom même du « plaisir », tout texte sur le plaisir ne sera jamais que dilatoire ; ce sera une introduction à ce qui ne s'écrira jamais. Semblable à ces productions de l'art contemporain, qui épuisent leur nécessité aussitôt qu'on les a vues (car les voir, c'est immédiatement comprendre à quelle fin destructive elles sont exposées : il n'y a plus en elles aucune durée contemplative ou délectative), une telle introduction ne pourrait que se répéter – sans jamais rien introduire.

Le plaisir du texte n'est pas forcément de type triomphant, héroïque, musclé. Pas besoin de se cambrer. Mon plaisir peut très bien prendre la forme d'une dérive. La dérive advient chaque fois que *je ne respecte pas le tout*, et qu'à force de paraître emporté ici et là au gré des illusions, séductions et intimidations de langage, tel un bouchon sur la vague, je reste immobile, pivotant sur la jouissance *intraitable* qui me lie au texte (au monde). Il y a dérive, chaque fois que le langage social, le sociolecte, *me manque* (comme on dit : *le cœur me manque*). Ce pour quoi un autre nom de la dérive, ce serait : *l'Intraitable* – ou peut-être encore : la Bêtise.

Cependant, si l'on y parvenait, dire la dérive serait aujourd'hui un discours suicidaire.

Plaisir du texte, texte de plaisir : ces expressions sont ambiguës parce qu'il n'y a pas de mot français pour couvrir à la fois le plaisir (le contentement) et la jouissance (l'évanouissement). Le « plaisir » est donc ici (et sans pouvoir prévenir) tantôt extensif à la jouissance, tantôt il lui est opposé. Mais cette ambiguïté, je dois m'en accommoder ; car d'une part, j'ai besoin d'un « plaisir » général, chaque fois qu'il me faut référer à un excès du texte, à ce qui, en lui, excède toute fonction (sociale) et tout fonctionnement (structural) ; et d'autre part, j'ai besoin d'un « plaisir » particulier, simple partie du Tout-plaisir, chaque fois qu'il me faut distinguer l'euphorie, le comblement, le confort (sentiment de réplétion où la culture pénètre librement), de la secousse, de l'ébranlement, de la perte, propres à la jouissance. Je suis contraint à cette ambiguïté parce que je ne puis épurer le mot « plaisir » des sens dont occasionnellement je ne veux pas : je ne puis empêcher qu'en français « plaisir » ne renvoie à la fois à une généralité *(« principe de plaisir »)* et à une miniaturisation *(« Les sots sont ici-bas pour nos menus plaisirs »)*. Je suis donc obligé de laisser aller l'énoncé de mon texte dans la contradiction.

Le plaisir n'est-il qu'une petite jouissance ? La jouissance n'est-elle qu'un plaisir extrême ? Le plaisir n'est-il qu'une jouissance affaiblie, acceptée – et déviée à travers un échelonnement de conciliations ? La jouissance n'est-elle qu'un plaisir brutal, immédiat (sans médiation) ? De la réponse (oui ou non) dépend la manière dont nous raconterons l'histoire de notre modernité. Car si je dis qu'entre le plaisir et la jouissance il n'y a qu'une différence de degré, je dis aussi que l'histoire est pacifiée : le texte de jouissance n'est que le développement logique, organique, historique, du texte de plaisir, l'avant-garde n'est jamais que la forme progressive, émancipée, de la culture passée : aujourd'hui sort d'hier, Robbe-Grillet est déjà dans Flaubert, Sollers dans Rabelais, tout Nicolas de Staël dans deux centimètres carrés de Cézanne. Mais si je crois au contraire que le plaisir et la jouissance sont des forces parallèles, qu'elles ne peuvent se rencontrer et qu'entre elles il y a plus qu'un combat : une incommunication, alors il me faut bien penser que l'histoire, notre histoire, n'est pas paisible, ni même peut-être intelligente, que le texte de jouissance y surgit toujours à la façon d'un scandale (d'un boitement), qu'il est toujours la trace d'une coupure, d'une affirmation (et non d'un épanouissement), et que le sujet de cette histoire (ce sujet historique que je suis parmi d'autres), loin de pouvoir s'apaiser en menant de front le goût des œuvres passées et le soutien des œuvres modernes dans un beau mouvement dialectique de synthèse, n'est jamais qu'une « contradiction vivante » : un sujet clivé, qui jouit à la fois, à travers le texte, de la consistance de son *moi* et de sa chute.

Voici d'ailleurs, venu de la psychanalyse, un moyen indirect de fonder l'opposition du texte de plaisir et du texte de jouissance : le plaisir est dicible, la jouissance ne l'est pas.

La jouissance est in-dicible, inter-dite. Je renvoie à Lacan (« Ce à quoi il faut se tenir, c'est que la jouissance est interdite à qui parle, comme tel, ou encore qu'elle ne puisse être dite qu'entre les lignes... ») et à Leclaire (« ... celui qui dit, par son dit, s'interdit la jouissance, ou corrélativement, celui qui jouit fait toute lettre – et tout dit possible – s'évanouir dans l'absolu de l'annulation qu'il célèbre »).

L'écrivain de plaisir (et son lecteur) accepte la lettre ; renonçant à la jouissance, il a le droit et le pouvoir de la dire : la lettre est son plaisir ; il en est obsédé, comme le sont tous ceux qui aiment le langage (non la parole), tous les logophiles, écrivains, épistoliers, linguistes ; des textes de plaisir, il est donc possible de parler (nul débat avec l'annulation de la jouissance) : *la critique porte toujours sur des textes de plaisir, jamais sur des textes de jouissance* : Flaubert, Proust, Stendhal sont commentés inépuisablement ; la critique dit alors du texte tuteur la jouissance vaine, la jouissance *passée ou future* : *vous allez lire, j'ai lu* : la critique est toujours historique ou prospective : le présent constatif, *la présentation* de la jouissance lui est interdite ; sa matière de prédilection est donc la culture, qui est tout en nous sauf notre présent.

Avec l'écrivain de jouissance (et son lecteur)

commence le texte intenable, le texte impossible. Ce texte est hors-plaisir, hors-critique, *sauf à être atteint par un autre texte de jouissance* : vous ne pouvez parler « sur » un tel texte, vous pouvez seulement parler « en » lui, *à sa manière*, entrer dans un plagiat éperdu, affirmer hystériquement le vide de jouissance (et non plus répéter obsessionnellement la lettre du plaisir).

Toute une petite mythologie tend à nous faire croire que le plaisir (et singulièrement le plaisir du texte) est une idée de droite. A droite, on expédie d'un même mouvement vers la gauche tout ce qui est abstrait, ennuyeux, politique et l'on garde le plaisir pour soi : soyez les bienvenus parmi nous, vous qui venez enfin au plaisir de la littérature ! Et à gauche, par morale, (oubliant les cigares de Marx et de Brecht), on suspecte, on dédaigne tout « résidu d'hédonisme ». A droite, le plaisir est revendiqué *contre* l'intellectualité, la cléricature : c'est le vieux mythe réactionnaire du cœur contre la tête, de la sensation contre le raisonnement, de la « vie » (chaude) contre « l'abstraction » (froide) : l'artiste ne doit-il pas, selon le précepte sinistre de Debussy, *« chercher humblement à faire plaisir »* ?

A gauche, on oppose la connaissance, la méthode, l'engagement, le combat, à la « simple délectation » (et pourtant : si la connaissance elle-même était *délicieuse* ?). Des deux côtés, cette idée bizarre que le plaisir est chose *simple*, ce pour quoi on le revendique ou le méprise. Le plaisir, cependant, n'est pas un *élément* du texte, ce n'est pas un résidu naïf ; il ne dépend pas d'une logique de l'entendement et de la sensation ; c'est une dérive, quelque chose qui est à la fois révolutionnaire et asocial et ne peut être pris en charge par aucune collectivité, aucune mentalité, aucun idiolecte. Quelque chose de *neutre* ? On voit bien que le plaisir du texte est scandaleux : non parce qu'il est immoral, mais parce qu'il est *atopique*.

*
* *

Pourquoi, dans un texte, tout ce faste verbal ? Le luxe du langage fait-il partie des richesses excédentaires, de la dépense inutile, de la perte inconditionnelle ? Une grande œuvre de plaisir (celle de Proust, par exemple) participe-t-elle de la même économie que les pyramides d'Egypte ? L'écrivain est-il aujourd'hui le substitut résiduel du Mendiant, du Moine, du Bonze : improductif et cependant alimenté ? Analogue à la Sangha bouddhique, la communauté littéraire, quel que soit l'alibi qu'elle se donne, est-elle entretenue par la société mercantile, non pour ce que l'écrivain produit (il ne produit rien) mais pour ce qu'il brûle ? Excédentaire, mais nullement inutile ?

La modernité fait un effort incessant pour déborder l'échange : elle veut résister au marché des œuvres (en s'excluant de la communication de masse), au signe (par l'exemption du sens, par la folie), à la bonne sexualité (par la perversion, qui soustrait la jouissance à la finalité de la reproduction). Et pourtant, rien à faire : l'échange récupère tout, en acclimatant ce qui semble le nier : il saisit le texte, le met dans le circuit des dépenses inutiles mais légales : le voilà de nouveau placé dans une économie collective (fût-elle seulement psychologique) : c'est l'inutilité même du texte qui est utile, à titre de potlatch. Autrement dit, la société vit sur le mode du clivage : ici, un texte sublime, désintéressé, là un objet mercantile, dont la valeur est... la gratuité de cet objet. Mais ce clivage, la société n'en a aucune idée : *elle ignore sa propre perversion* : « Les deux parties en litige ont leur part : la pulsion a droit à sa satisfaction, la réalité reçoit le respect qui lui est dû. *Mais*, ajoute Freud, *il n'y a de gratuit que la mort, comme chacun sait.* » Pour le texte, il n'y aurait de gratuit que sa propre destruction : ne pas, ne plus écrire, sauf à être toujours récupéré.

Etre avec qui on aime et penser à autre chose : c'est ainsi que j'ai les meilleures pensées, que j'invente le mieux ce qui est nécessaire à mon travail. De même pour le texte : il produit en moi le meilleur plaisir s'il parvient à se faire écouter indirectement ; si, le lisant, je suis entraîné à souvent lever la tête, à entendre autre chose. Je ne suis pas nécessairement *captivé* par le texte de plaisir ; ce peut être un acte léger, complexe, ténu, presque étourdi : mouvement brusque de la tête, tel celui d'un oiseau qui n'entend rien de ce que nous écoutons, qui écoute ce que nous n'entendons pas.

L'émotion : pourquoi serait-elle antipathique à la jouissance (je la voyais à tort tout entière du côté de la sentimentalité, de l'illusion morale) ? C'est un trouble, une lisière d'évanouissement : quelque chose de pervers, sous des dehors bien-pensants ; c'est même, peut-être, la plus retorse des pertes, car elle contredit la règle générale, qui veut donner à la jouissance une figure fixe : forte, violente, crue : quelque chose de nécessairement musclé, tendu, phallique. Contre la règle générale : *ne jamais s'en laisser accroire par* l'image *de la jouissance* ; accepter de la reconnaître partout où survient un trouble de la régulation amoureuse (jouissance précoce, retardée, émue, etc.) : l'amour-passion comme jouissance ? La jouissance comme sagesse (lorsqu'elle parvient à se comprendre elle-même *hors de ses propres préjugés*) ?

Rien à faire : l'ennui n'est pas simple. De l'ennui (devant une œuvre, un texte), on ne se tire pas avec un geste d'agacement ou de débarras. De même que le plaisir du texte suppose toute une production indirecte, de même l'ennui ne peut se prévaloir d'aucune spontanéité : il n'y a pas d'ennui *sincère* : si, personnellement, le texte-babil m'ennuie, c'est parce qu'en réalité je n'aime pas la demande. Mais si je l'aimais (si j'avais quelque appétit maternel) ? L'ennui n'est pas loin de la jouissance : il est la jouissance vue des rives du plaisir.

*
* *

Plus une histoire est racontée d'une façon bien-
séante, bien disante, sans malice, sur un ton confit,
plus il est facile de la retourner, de la noircir, de la
lire à l'envers (Mme de Ségur lue par Sade). Ce renversement, étant une pure production, développe
superbement le plaisir du texte.

Je lis dans *Bouvard et Pécuchet* cette phrase, qui
me fait plaisir : « Des nappes, des draps, des ser-
viettes pendaient verticalement, attachés par des
fiches de bois à des cordes tendues. » Je goûte ici
un excès de précision, une sorte d'exactitude
maniaque du langage, une folie de description (que
l'on retrouve dans les textes de Robbe-Grillet). On
assiste à ce paradoxe : la langue littéraire ébranlée,
dépassée, *ignorée*, dans la mesure même où elle
s'ajuste à la langue « pure », à la langue essentielle,
à la langue grammairienne (cette langue n'est, bien
entendu, qu'une idée). L'exactitude en question ne
résulte pas d'un renchérissement de soins, elle n'est
pas une plus-value rhétorique, comme si les choses
étaient *de mieux en mieux* décrites – mais d'un

changement de code : le modèle (lointain) de la description n'est plus le discours oratoire (on ne « peint » rien du tout), mais une sorte d'artefact lexicographique.

*
* *

Le texte est un objet fétiche et *ce fétiche me désire*. Le texte me choisit, par toute une disposition d'écrans invisibles, de chicanes sélectives : le vocabulaire, les références, la lisibilité, etc. ; et, perdu au milieu du texte (non pas *derrière* lui à la façon d'un dieu de machinerie), il y a toujours l'autre, l'auteur.

Comme institution, l'auteur est mort : sa personne civile, passionnelle, biographique, a disparu ; dépossédée, elle n'exerce plus sur son œuvre la formidable paternité dont l'histoire littéraire, l'enseignement, l'opinion avaient à charge d'établir et de renouveler le récit : mais dans le texte, d'une certaine façon, *je désire* l'auteur : j'ai besoin de sa figure (qui n'est ni sa représentation, ni sa projection), comme il a besoin de la mienne (sauf à « babiller »).

*
* *

Les systèmes idéologiques sont des fictions (des *fantômes de théâtre*, aurait dit Bacon), des romans – mais des romans classiques, bien pourvus d'intrigues, de crises, de personnages bons et mauvais (le *romanesque* est tout autre chose : un simple découpage instructuré, une dissémination de formes : le *maya*). Chaque fiction est soutenue par un parler social, un sociolecte, auquel elle s'identifie : la fiction, c'est ce degré de consistance où atteint un langage lorsqu'il a exceptionnellement *pris* et trouve une classe sacerdotale (prêtres, intellectuels, artistes) pour le parler communément et le diffuser.

« ... Chaque peuple a au-dessus de lui un tel ciel de concepts mathématiquement répartis, et, sous l'exigence de la vérité, il entend désormais que tout dieu conceptuel ne soit cherché nulle part ailleurs que dans *sa* sphère » (Nietzsche) : nous sommes tous pris dans la vérité des langages, c'est-à-dire dans leur régionalité, entraînés dans la formidable rivalité qui règle leur voisinage. Car chaque parler (chaque fiction) combat pour l'hégémonie ; s'il a le pouvoir pour lui, il s'étend partout dans le courant et le quotidien de la vie sociale, il devient *doxa*, nature : c'est le parler prétendûment apolitique des hommes politiques, des agents de l'Etat, c'est celui de la presse, de la radio, de la télévision, c'est celui de la conversation ; mais même hors du pouvoir, contre lui, la rivalité renaît, les parlers se fractionnent, luttent entre eux. Une impitoyable *topique* règle la vie du langage ; le langage vient toujours de quelque lieu, il est *topos* guerrier.

Il se représentait le monde du langage (la logosphère) comme un immense et perpétuel conflit de paranoïas. Seuls survivent les systèmes (les fictions, les parlers) assez inventifs pour produire une dernière figure, celle qui marque l'adversaire sous un vocable mi-scientifique, mi-éthique, sorte de tourniquet qui permet à la fois de constater, d'expliquer, de condamner, de vomir, de récupérer l'ennemi, en un mot : *de le faire payer*. Ainsi, entre autres, de certaines vulgates : du parler marxiste, pour qui toute opposition est de classe ; du psychanalytique, pour qui toute dénégation est aveu ; du chrétien, pour qui tout refus est quête, etc. Il s'étonnait de ce que le langage du pouvoir capitaliste ne comportât pas, à première vue, une telle figure de système (sinon de la plus basse espèce, les opposants n'y étant jamais dits que « intoxiqués », « téléguidés », etc.) ; il comprenait alors que la pression du langage capitaliste (d'autant plus forte)

n'est pas d'ordre paranoïaque, systématique, argu-
mentatif, articulé : c'est un empoissement impla-
cable, une *doxa*, une manière d'inconscient : bref
l'idéologie dans son essence.

Pour que ces systèmes parlés cessent d'affoler ou
d'incommoder, il n'y a pas d'autre moyen que
d'habiter l'un d'eux. Sinon : *et moi, et moi, qu'est-
ce que je fais dans tout ça ?*

Le texte, lui, est atopique, sinon dans sa consommation, du moins dans sa production. Ce n'est pas
un parler, une fiction, le système est en lui débordé,
défait (ce débordement, cette défection, c'est la
signifiance). De cette atopie il prend et commu-
nique à son lecteur un état bizarre : à la fois exclu et
paisible. Dans la guerre des langages, il peut y avoir
des moments tranquilles, et ces moments sont des
textes (« La guerre, dit un personnage de Brecht,
n'exclut pas la paix... La guerre a ses moments pai-
sibles.... Entre deux escarmouches, on vide aussi
bien son pot de bière... »). Entre deux assauts de
paroles, entre deux prestances de systèmes, le plai-

sir du texte est toujours possible, non comme un délassement, mais comme le passage incongru – *dissocié* – d'un autre langage, comme l'exercice d'une physiologie différente.

Beaucoup trop d'héroïsme encore dans nos langages ; dans les meilleurs – je pense à celui de Bataille –, éréthisme de certaines expressions et finalement une sorte d'*héroïsme insidieux*. Le plaisir du texte (la jouissance du texte) est au contraire comme un effacement brusque de la *valeur* guerrière, une desquamation passagère des ergots de l'écrivain, un arrêt du « cœur » (du courage).

Comment un texte, qui est du langage, peut-il être hors des langages ? Comment *extérioriser* (mettre à l'extérieur) les parlers du monde, sans se réfugier dans un dernier parler à partir duquel les autres seraient simplement rapportés, récités ? Dès que je nomme, je suis nommé : pris dans la rivalité des noms. Comment le texte peut-il « se tirer » de la guerre des fictions, des sociolectes ? – Par un travail progressif d'exténuation. D'abord le texte liquide tout métalangage, et c'est en cela qu'il est texte : aucune voix (Science, Cause, Institution) n'est *en arrière* de ce qu'il dit. Ensuite, le texte détruit jusqu'au bout, *jusqu'à la contradiction*, sa propre catégorie discursive, sa référence sociolinguistique (son « genre ») : il est « le comique qui ne fait pas rire », l'ironie qui n'assujettit pas, la jubilation sans âme, sans mystique (Sarduy), la citation sans guillemets. Enfin, le texte peut, s'il en a envie, s'attaquer aux structures canoniques de la langue elle-même (Sollers) : le lexique (néologismes exubérants, mots-tiroirs, translitérations), la syntaxe (plus de cellule logique, plus de phrase). Il s'agit, par transmutation (et non plus seulement par transformation), de faire apparaître un nouvel état philosophal de la matière langagière ; cet état inouï, ce métal incandescent, hors origine et hors communication, c'est alors *du* langage, et non *un* langage, fût-il décroché, mimé, ironisé.

Le plaisir du texte ne fait pas acception d'idéologie. *Cependant :* cette impertinence ne vient pas par libéralisme, mais par perversion : le texte, sa lecture, sont clivés. Ce qui est débordé, cassé, c'est *l'unité morale* que la société exige de tout produit

humain. Nous lisons un texte (de plaisir) comme
une mouche vole dans le volume d'une chambre :
par des coudes brusques, faussement définitifs,
affairés et inutiles : l'idéologie passe sur le texte et
sa lecture comme l'empourprement sur un visage
(en amour, certains goûtent érotiquement cette rou-
geur) ; tout écrivain de plaisir a de ces empourpre-
ments imbéciles (Balzac, Zola, Flaubert, Proust :
seul peut-être Mallarmé, maître de sa peau) : dans
le texte de plaisir, les forces contraires ne sont plus
en état de refoulement, mais de devenir : rien n'est
vraiment antagoniste, tout est pluriel. Je traverse
légèrement la nuit réactionnaire. Par exemple, dans
Fécondité de Zola, l'idéologie est flagrante, parti-
culièrement poisseuse : naturisme, familialisme,
colonialisme ; *il n'empêche* que je continue à lire le
livre. Cette distorsion est banale ? On peut trouver
plutôt stupéfiante l'habileté ménagère avec laquelle
le sujet se partage, divisant sa lecture, résistant à la
contagion du jugement, à la métonymie du contentement : serait-ce que le plaisir rend *objectif* ?

*

Certains veulent un texte (un art, une peinture)
sans ombre, coupé de l'« idéologie dominante » ;
mais c'est vouloir un texte sans fécondité, sans pro-

ductivité, un texte stérile (voyez le mythe de la Femme sans Ombre). Le texte a besoin de son ombre : cette ombre, c'est *un peu* d'idéologie, *un peu* de représentation, *un peu* de sujet : fantômes, poches, traînées, nuages nécessaires : la subversion doit produire son propre *clair-obscur*.

(On dit couramment : « idéologie dominante ». Cette expression est incongrue. Car l'idéologie, c'est quoi ? C'est précisément l'idée *en tant qu'elle domine* : l'idéologie ne peut être que dominante. Autant il est juste de parler d'« idéologie de la classe dominante » parce qu'il existe bien une classe dominée, autant il est inconséquent de parler d'« idéologie dominante », parce qu'il n'y a pas d'idéologie dominée : du côté des « dominés » il n'y a rien, aucune idéologie, sinon précisément – et c'est le dernier degré de l'aliénation – l'idéologie qu'ils sont obligés [pour symboliser, donc pour vivre] d'emprunter à la classe qui les domine. La lutte sociale ne peut se réduire à la lutte de deux idéologies rivales : c'est la subversion de toute idéologie qui est en cause.)

Bien repérer les *imaginaires du langage*, à savoir : le mot comme unité singulière, monade magique ; la parole comme instrument ou expression de la pensée ; l'écriture comme translitération de la parole ; la phrase comme mesure logique, close ; la carence même ou le refus de langage comme force primaire, spontanée, pragmatique. Tous ces artefacts sont pris en charge par l'imaginaire de la science (la science comme imaginaire) : la linguistique énonce bien la vérité sur le langage, mais seulement en ceci : « *qu'aucune illusion consciente n'est commise* » : or c'est la définition même de l'imaginaire : l'inconscience de l'inconscient.

C'est déjà un premier travail que de rétablir dans la science du langage ce qui ne lui est attribué que fortuitement, dédaigneusement, ou plus souvent encore, refusé : la sémiologie (la stylistique, la rhétorique, disait Nietzsche), la pratique, l'action éthique, l'« enthousiasme » (Nietzsche encore). C'en est un second que de remettre dans la science ce qui va contre elle : ici, le texte. Le texte, c'est le langage sans son imaginaire, c'est *ce qui manque à la science du langage pour que soit manifestée son importance générale* (et non sa particularité technocratique). Tout ce qui est à peine toléré ou carrément refusé par la linguistique (comme science canonique, positive), la signifiance, la jouissance, c'est précisément là ce qui retire le texte des imaginaires du langage.

Sur le plaisir du texte, nulle « thèse » n'est possible ; à peine une inspection (une introspection),
qui tourne court. *Eppure si gaude !* Et pourtant,
envers et contre tout, je jouis du texte.

Des exemples au moins ? On pourrait penser à
une immense moisson collective : on recueillerait
tous les textes auxquels il est arrivé de *faire plaisir
à quelqu'un* (de quelque lieu que ces textes viennent), et l'on manifesterait ce corps textuel (*cor-
pus* : c'est bien dit), un peu comme la psychanalyse
a exposé le corps érotique de l'homme. Un tel travail cependant, on peut le craindre, n'aboutirait
qu'à *expliquer* les textes retenus ; il y aurait une
bifurcation inévitable du projet : ne pouvant se dire,
le plaisir entrerait dans la voie générale des moti-
vations, dont *aucune ne saurait être définitive* (si
j'allègue ici quelques plaisirs de texte, c'est toujours en passant, d'une façon très précaire, nullement régulière). En un mot, un tel travail ne
pourrait *s'écrire*. Je ne puis que *tourner* autour
d'un tel sujet – et dès lors mieux vaut le faire briè-
vement et solitairement que collectivement et inter-
minablement ; mieux vaut renoncer à passer de la
valeur, fondement de l'affirmation, aux *valeurs*,
qui sont des effets de culture.

Comme créature de langage, l'écrivain est toujours pris dans la guerre des fictions (des parlers), mais il n'y est jamais qu'un jouet, puisque le langage qui le constitue (l'écriture) est toujours hors-lieu (atopique) ; par le simple effet de la polysémie (stade rudimentaire de l'écriture), l'engagement guerrier d'une parole littéraire est douteux dès son origine. L'écrivain est toujours sur la tache aveugle des systèmes, en dérive ; c'est un joker, un mana, un degré zéro, le mort du bridge : nécessaire au sens (au combat), mais privé lui-même de sens fixe ; sa place, sa *valeur* (d'échange) varie selon les mouvements de l'histoire, les coups tactiques de la lutte : on lui demande tout et/ou rien. Lui-même est hors de l'échange, plongé dans le non-profit, le *mushotoku* zen, sans désir de prendre rien, sinon la jouissance perverse des mots (mais la jouissance n'est jamais une prise : rien ne la sépare du *satori*, de la perte). Paradoxe : cette gratuité de l'écriture (qui approche, par la jouissance, celle de la mort), l'écrivain la tait : il se contracte, se muscle, nie la dérive, refoule la jouissance : il y en a très peu qui combattent *à la fois* la répression idéologique et la répression libidinale (celle, bien entendu, que l'intellectuel fait peser sur lui-même : sur son propre langage).

*
* *

Lisant un texte rapporté par Stendhal (mais qui
n'est pas de lui) [1], j'y retrouve Proust par un détail
minuscule. L'évêque de Lescars désigne la nièce de
son grand vicaire par une série d'apostrophes pré-
cieuses *(ma petite nièce, ma petite amie, ma jolie
brune, ah petite friande!)* qui ressuscitent en moi
les adresses des deux courrières du Grand Hôtel de
Balbec, Marie Gineste et Céleste Albaret, au narrateur *(Oh! petit diable aux cheveux de geai, ô profonde malice! Ah jeunesse! Ah jolie peau!)*.
Ailleurs, mais de la même façon, dans Flaubert, ce
sont les pommiers normands en fleurs que je lis à
partir de Proust. Je savoure le règne des formules, le
renversement des origines, la désinvolture qui fait
venir le texte antérieur du texte ultérieur. Je com-
prends que l'œuvre de Proust est, du moins pour
moi, l'œuvre de référence, la *mathésis* générale, le
mandala de toute la cosmogonie littéraire – comme
l'étaient les Lettres de Mme de Sévigné pour la
grand-mère du narrateur, les romans de chevalerie
pour don Quichotte, etc.; cela ne veut pas du tout

---

1. «Episodes de la vie d'Athanase Auger, publiés par sa nièce », dans *Les
Mémoires d'un touriste*, I, p. 238-245 (Stendhal, *Œuvres complètes*, Calmann-
Lévy, 1891).

dire que je sois un « spécialiste » de Proust : Proust, c'est ce qui me vient, ce n'est pas ce que j'appelle ; ce n'est pas une « autorité » ; simplement *un souvenir circulaire*. Et c'est bien cela l'inter-texte : l'impossibilité de vivre hors du texte infini – que ce texte soit Proust, ou le journal quotidien, ou l'écran télévisuel : le livre fait le sens, le sens fait la vie.

Si vous enfoncez un clou dans le bois, le bois résiste différemment selon l'endroit où vous l'attaquez : on dit que le bois n'est pas isotrope. Le texte non plus n'est pas isotrope : les bords, la faille, sont imprévisibles. De même que la physique (actuelle) doit s'ajuster au caractère non isotrope de certains milieux, de certains univers, de même il faudra bien que l'analyse structurale (la sémiologie) reconnaisse les moindres résistances du texte, le dessin irrégulier de ses veines.

Nul objet n'est dans un rapport constant avec le plaisir (Lacan, à propos de Sade). Cependant, pour l'écrivain, cet objet existe ; ce n'est pas le langage, c'est la langue, *la langue maternelle*. L'écrivain est quelqu'un qui joue avec le corps de sa mère (je renvoie à Pleynet, sur Lautréamont et sur Matisse) : pour le glorifier, l'embellir, ou pour le dépecer, le porter à la limite de ce qui, du corps, peut être reconnu : j'irai jusqu'à jouir d'une *défiguration* de la langue, et l'opinion poussera les hauts cris, car elle ne veut pas qu'on « défigure la nature ».

On dirait que pour Bachelard les écrivains n'ont jamais écrit : par une coupure bizarre, ils sont seulement lus. Il a pu ainsi fonder une pure critique de lecture, et il l'a fondée en plaisir : nous sommes engagés dans une pratique homogène (glissante, euphorique, voluptueuse, unitaire, jubilatoire), et cette pratique nous comble : *lire-rêver*. Avec Bachelard, c'est toute la poésie (comme simple droit de discontinuer la littérature, le combat) qui passe au crédit du Plaisir. Mais dès lors que l'œuvre est perçue sous les espèces d'une écriture, le plaisir grince, la jouissance pointe et Bachelard s'éloigne.

Je m'intéresse au langage parce qu'il me blesse ou me séduit. C'est là, peut-être, une érotique de classe ? Mais quelle classe ? La bourgeoise ? Elle n'a aucun goût pour le langage, qui n'est même plus à ses yeux, luxe, élément d'un art de vivre (mort de la « grande » littérature), mais seulement instrument ou décor (phraséologie). La populaire ? Ici, disparition de toute activité magique ou poétique : plus de carnaval, on ne joue plus avec les mots : fin des métaphores, règne des stéréotypes imposés par la culture petite-bourgeoise. (La classe productrice n'a pas nécessairement le langage de son rôle, de sa force, de sa vertu. Donc : dissociation des solidarités, des empathies – très fortes ici, nulles là. Critique de l'illusion totalisante : n'importe quel appareil unifie *d'abord* le langage ; mais il ne faut pas respecter le tout.)

Reste un îlot : le texte. Délices de caste, mandarinat ? le plaisir peut-être, la jouissance, non.

Aucune signifiance (aucune jouissance) ne peut se produire, j'en suis persuadé, dans une culture de masse (à distinguer, comme l'eau du feu, de la culture des masses), car le modèle de cette culture est petit-bourgeois. C'est le propre de notre contradiction (historique), que la signifiance (la jouissance) est tout entière réfugiée dans une alternative excessive : ou bien dans une pratique mandarinale (issue d'une *exténuation* de la culture bourgeoise), ou bien dans une idée utopique (celle d'une culture à venir, surgie d'une révolution *radicale, inouïe, imprévisible*, dont celui qui écrit aujourd'hui ne sait qu'une chose : c'est que, tel Moïse, il n'y entrera pas).

Caractère asocial de la jouissance. Elle est la perte abrupte de la socialité, et pourtant il ne s'ensuit aucune retombée vers le sujet (la subjectivité), la personne, la solitude : *tout* se perd intégralement. Fond extrême de la clandestinité, noir de cinéma.

Toutes les analyses socio-idéologiques concluent au caractère *déceptif* de la littérature (ce qui leur enlève un peu de leur pertinence) : l'œuvre serait finalement toujours écrite par un groupe socialement déçu ou impuissant, hors du combat par situation historique, économique, politique ; la littérature serait l'expression de cette déception. Ces analyses oublient (et c'est normal, puisque ce sont des herméneutiques fondées sur la recherche exclusive du signifié) le formidable envers de l'écriture : la jouissance : jouissance qui peut exploser, à travers des siècles, hors de certains textes écrits cependant à la gloire de la plus morne, de la plus sinistre philosophie.

Le langage que je parle *en moi-même* n'est pas de mon temps ; il est en bute, par nature, au soupçon idéologique ; c'est donc avec lui qu'il faut que je lutte. J'écris parce que je ne veux pas des mots que je trouve : par soustraction. Et en même temps, cet *avant-dernier langage* est celui de mon plaisir : je lis à longueur de soirées du Zola, du Proust, du Verne, *Monte-Cristo*, *Les Mémoires d'un touriste*, et même parfois du Julien Green. Ceci est mon plaisir, mais non ma jouissance : celle-ci n'a de chance de venir qu'avec le *nouveau absolu*, car seul le nouveau ébranle (infirme) la conscience (facile ? nullement : neuf fois sur dix, le nouveau n'est que le stéréotype de la nouveauté).

Le Nouveau n'est pas une mode, c'est une valeur, fondement de toute critique : notre évaluation du monde ne dépend plus, du moins directement,

comme chez Nietzsche, de l'opposition du *noble* et
du *vil*, mais de celle de l'Ancien et du Nouveau
(l'érotique du Nouveau a commencé dès le XVIIIe
siècle : longue transformation en marche). Pour
échapper à l'aliénation de la société présente, il n'y a
plus que ce moyen : *la fuite en avant* : tout langage
ancien est immédiatement compromis, et tout langage devient ancien dès qu'il est répété. Or le langage encratique (celui qui se produit et se répand
sous la protection du pouvoir) est statutairement un
langage de répétition ; toutes les institutions offi-
cielles de langage sont des machines ressassantes :
l'école, le sport, la publicité, l'œuvre de masse, la
chanson, l'information, redisent toujours la même
structure, le même sens, souvent les mêmes mots : le
stéréotype est un fait politique, la figure majeure de
l'idéologie. En face, le Nouveau, c'est la jouissance
(Freud : « Chez l'adulte, la nouveauté constitue toujours la condition de la jouissance »). D'où la configuration actuelle des forces : d'un côté un
aplatissement de masse (lié à la répétition du langage) – aplatissement hors-jouissance, mais non forcément hors-plaisir –, et de l'autre un emportement
(marginal, excentrique) vers le Nouveau – emportement éperdu qui pourra aller jusqu'à la destruction
du discours : tentative pour faire resurgir historiquement la jouissance refoulée sous le stéréotype.

L'opposition (le couteau de la valeur) n'est pas forcément entre des contraires consacrés, nommés (le matérialisme et l'idéalisme, le réformisme et la révolution, etc.); mais elle est *toujours et partout* entre *l'exception et la règle*. La règle, c'est l'abus, l'exception, c'est la jouissance. Par exemple, à de certains moments, il est possible de soutenir l'*exception* des Mystiques. Tout, plutôt que la règle (la généralité, le stéréotype, l'idiolecte: le langage consistant).

Cependant, on peut prétendre tout le contraire (néanmoins, ce n'est pas moi qui le prétendrais): la répétition engendrerait elle-même la jouissance. Les exemples ethnographiques abondent: rythmes obsessionnels, musiques incantatoires, litanies, rites, nembutsu bouddhique, etc.: répéter à l'excès, c'est entrer dans la perte, dans le zéro du signifié. Seulement voilà: pour que la répétition soit érotique, il faut qu'elle soit formelle, littérale, et dans notre culture, cette répétition affichée (excessive) redevient excentrique, repoussée vers certaines régions marginales de la musique. La forme

bâtarde de la culture de masse est la répétition hon-
teuse : on répète les contenus, les schèmes idéologiques, le gommage des contradictions, mais on
varie les formes superficielles : toujours des livres,
des émissions, des films nouveaux, des faits divers,
mais toujours le même sens.

En somme, le mot peut être érotique à deux
conditions opposées, toutes deux excessives : s'il
est répété à outrance, ou au contraire s'il est inattendu, succulent par sa nouveauté (dans certains
textes, des mots *brillent*, ce sont des apparitions
distractives, incongrues – il importe peu qu'elles
soient pédantes ; ainsi, personnellement, je prends
du plaisir à cette phrase de Leibniz : « ... comme si
les montres de poche marquaient les heures par une
certaine faculté *horodéictique*, sans avoir besoin de
roues, ou comme si les moulins brisaient les grains
par une qualité *fractive*, sans avoir besoin de rien
qui ressemblât aux meules »). Dans les deux cas,
c'est la même physique de jouissance, le sillon,
l'inscription, la syncope : ce qui est creusé, pilonné
ou ce qui éclate, détonne.

Le stéréotype, c'est le mot répété, hors de toute
magie, de tout enthousiasme, comme s'il était natu-

rel, comme si par miracle ce mot qui revient était à chaque fois adéquat pour des raisons différentes, comme si imiter pouvait ne plus être senti comme une imitation : mot sans-gêne, qui prétend à la consistance et ignore sa propre insistance. Nietzsche a fait cette remarque, que la « vérité » n'était que la solidification d'anciennes métaphores. Eh bien, à ce compte, le stéréotype est la voie actuelle de la « vérité », le trait palpable qui fait transiter l'orne- ment inventé vers la forme canoniale, contraignante, du signifié. (Il serait bon d'imaginer une nouvelle science linguistique ; elle étudierait non plus l'origine des mots, ou étymologie, ni même leur diffusion, ou lexicologie, mais les progrès de leur solidification, leur épaississement le long du discours historique ; cette science serait sans doute subversive, manifes- tant bien plus que l'origine historique de la vérité : sa nature rhétorique, langagière.)

La méfiance à l'égard du stéréotype (lié à la jouissance du mot nouveau ou du discours inte- nable) est un principe d'instabilité absolue, qui ne respecte rien (aucun contenu, aucun choix). La nausée arrive dès que la liaison de deux mots importants *va de soi*. Et dès qu'une chose va de soi, je la déserte : c'est la jouissance. Agacement futile ? Dans la nouvelle d'Edgar Poe, M. Valde- mar, le mourant magnétisé, survit, cataleptique, par

la répétition des questions qui lui sont adressées
(« M. Valdemar, dormez-vous ? ») ; mais cette sur-
vie est intenable : la fausse mort, la mort atroce,
c'est ce qui n'est pas un terme, c'est l'interminable
(« Pour l'amour de Dieu ! – Vite ! – Vite ! – faites-
moi dormir, – ou bien vite ! éveillez-moi vite ! – Je
vous dis que je suis mort ! »). Le stéréotype, c'est
cette impossibilité nauséeuse de mourir.

Dans le champ intellectuel, le choix politique est
un arrêt de langage – donc une jouissance. Cependant, le langage reprend, sous sa forme la plus
consistante (le stéréotype politique). Ce langage-
là, il faut alors l'avaler, sans nausée.
Autre jouissance (autres bords) : elle consiste à
dépolitiser ce qui est apparemment politique, et à
politiser ce qui apparemment ne l'est pas. – Mais
non, voyons, on politise ce qui *doit* l'être et c'est
tout.

Nihilisme : « les fins supérieures se déprécient ».
C'est un moment instable, menacé, car d'autres
valeurs supérieures tendent aussitôt, et avant que

les premières soient détruites, à prendre le dessus ;
la dialectique ne fait que lier des positivités succes-
sives ; d'où l'étouffement, au sein même de l'anar-
chisme. Comment donc *installer* la carence de
toute valeur supérieure ? L'ironie ? Elle part toujours d'un lieu *sûr*. La violence ? C'est une valeur
supérieure, et des mieux codées. La jouissance ?
Oui, si elle n'est pas dite, doctrinale. Le nihilisme
le plus conséquent est peut-être *sous masque* :
d'une certaine façon *intérieur* aux institutions, aux
discours conformes, aux finalités apparentes.

A. me confie qu'il ne supporterait pas que sa
mère fût dévergondée – mais qu'il le supporterait
de son père ; il ajoute : c'est bizarre, ça, non ? – Il
suffirait d'un nom pour faire cesser son étonnement : *l'Œdipe* ! A. est à mes yeux tout près du
texte, car celui-ci *ne donne pas les noms* – ou il
lève ceux qui existent ; il ne dit pas (ou dans quelle
intention *douteuse* ?) : le marxisme, le brechtisme,
le capitalisme, l'idéalisme, le Zen, etc. ; *le Nom ne
vient pas aux lèvres*, il est fragmenté en pratiques,
en mots qui ne sont pas des Noms. En se portant
aux limites du dire, dans une *mathésis* du langage
qui ne veut pas être confondue avec la science, le

texte défait la nomination et c'est cette défection qui l'approche de la jouissance.

Dans un texte ancien que je viens de lire (un épisode de la vie ecclésiastique rapporté par Stendhal), passe de la nourriture nommée : du lait, des tartines, du fromage à la crème de Chantilly, des confitures de Bar, des oranges de Malte, des fraises au sucre. Est-ce encore un plaisir de pure représentation (ressenti alors seulement par le lecteur gourmand) ? Mais je n'aime guère le lait ni tant de mets sucrés et me projette peu dans le détail de ces dînettes. Autre chose se passe, attaché sans doute à un autre sens du mot « représentation ». Lorsque, dans un débat, quelqu'un *représente* quelque chose à son interlocuteur, il ne fait qu'alléguer *le dernier état* de la réalité, l'intraitable qui est en elle. De même, peut-être, le romancier en citant, en nommant, en notifiant la nourriture (en la traitant comme notable), impose-t-il au lecteur le dernier état de la matière, ce qui, en elle, ne peut être dépassé, reculé (ce n'est certes pas le cas des noms qu'on a cités précédemment : *marxisme, idéalisme,* etc.). *C'est cela!* Ce cri ne doit pas être entendu comme une illumination de l'intelligence, mais comme la limite même de la nomination, de l'imagination. Il y aurait en somme deux réalismes : le premier déchiffre le « réel » (ce qui se démontre mais ne se voit pas) ; le second dit la « réalité » (ce qui se voit mais ne se démontre pas) ; le roman, qui peut mêler ces deux réalismes, ajoute à l'intelligible du « réel » la queue fantasmatique de la « réalité » : étonnement qu'on mangeât en 1791 « une salade d'oranges au rhum », comme dans nos restaurants d'aujourd'hui : amorce d'intelligible historique et entêtement de la chose (l'orange, le rhum) à *être là.*

*
* *

Un Français sur deux, paraît-il, ne lit pas ; la moitié de la France est privée – se prive du plaisir du texte. Or on ne déplore jamais cette disgrâce nationale que d'un point de vue humaniste, comme si, en boudant le livre, les Français renonçaient seulement à un bien moral, à une valeur noble. Il vaudrait mieux faire la sombre, la stupide, la tragique histoire de tous les plaisirs auxquels les sociétés objectent ou renoncent : il y a un obscurantisme du plaisir.

Même si nous replaçons le plaisir du texte dans le champ de sa théorie et non dans celui de sa sociologie (ce qui entraîne ici à un discours particulier, apparemment privé de toute portée nationale ou sociale), c'est bien une aliénation politique qui est en cause : la forclusion du plaisir (et plus encore de la jouissance) dans une société travaillée par deux morales : l'une, majoritaire, de la platitude, l'autre, groupusculaire, de la rigueur (politique et/ou scientifique). On dirait que l'idée de plaisir ne flatte plus personne. Notre société paraît à la fois rassise et violente ; de toute manière : frigide.

La mort du Père enlèvera à la littérature beaucoup de ses plaisirs. S'il n'y a plus de Père, à quoi bon raconter des histoires ? Tout récit ne se ramène-t-il pas à l'Œdipe ? Raconter, n'est-ce pas toujours chercher son origine, dire ses démêlés avec la Loi, entrer dans la dialectique de l'attendrissement et de la haine ? Aujourd'hui on balance d'un même coup l'Œdipe et le récit : on n'aime plus, on ne craint plus, on ne raconte plus. Comme fiction, l'Œdipe servait au moins à quelque chose : à faire de bons romans, à bien raconter (ceci est écrit après avoir vu *City Girl* de Murnau).

Beaucoup de lectures sont perverses, impliquant un clivage. De même que l'enfant sait que sa mère n'a pas de pénis et tout en même temps croit qu'elle en a un (économie dont Freud a montré la rentabilité), de même le lecteur peut dire sans cesse : *je sais bien que ce ne sont que des mots, mais tout de même...* (je m'émeus comme si ces mots énonçaient une réalité). De toutes les lectures, c'est la lecture tragique qui est la plus perverse : je prends plaisir à m'entendre raconter une histoire *dont je connais la fin* : je sais et je ne sais pas, je fais vis-à-vis de moi-même comme si je ne savais pas : je sais bien qu'Œdipe sera démasqué, que Danton sera guillotiné, *mais tout de même...*

Par rapport à l'histoire dramatique, qui est celle dont on ignore l'issue, il y a effacement du plaisir et progression de la jouissance (aujourd'hui, dans la culture de masse, grande consommation de « dramatiques », peu de jouissance).

Proximité (identité ?) de la jouissance et de la peur. Ce qui répugne à un tel rapprochement, ce n'est évidemment pas l'idée que la peur est un sentiment désagréable – idée banale –, mais qu'elle est un sentiment *médiocrement indigne* ; elle est le laissé-pour-compte de toutes les philosophies (seul, Hobbes, je crois : « la seule passion de ma vie a été la peur ») ; la folie n'en veut pas (sauf peut-être la folie démodée : *Le Horla*), et ceci interdit à la peur d'être moderne : c'est un déni de transgression, une folie que vous laissez en pleine conscience. Par une dernière fatalité, le sujet qui a peur reste toujours un sujet ; tout au plus relève-t-il de la névrose (on parle alors d'*angoisse*, mot noble, mot scientifique : mais la peur n'est pas l'angoisse).

Ce sont ces raisons mêmes qui rapprochent la peur de la jouissance : elle est la clandestinité absolue, non parce qu'elle est « inavouable » (encore qu'aujourd'hui personne ne soit prêt à l'avouer), mais parce que, scindant le sujet *en le laissant intact*, elle n'a à sa disposition que des signifiants *conformes* : le langage délirant est refusé à celui qui l'écoute monter en lui. « *J'écris pour ne pas être fou* », disait Bataille – ce qui voulait dire qu'il écrivait la folie ; mais qui pourrait dire : « *J'écris pour ne pas avoir peur* » ? Qui pourrait écrire la peur (ce qui ne voudrait pas dire la raconter) ? La peur ne chasse, ni ne contraint, ni n'accomplit l'écriture : par la plus immobile des contradictions, toutes deux coexistent – séparées.

(Sans parler du cas où *écrire fait peur*.)

Un soir, à moitié endormi sur une banquette de bar, j'essayais par jeu de dénombrer tous les langages qui entraient dans mon écoute : musiques, conversations, bruits de chaises, de verres, toute une stéréophonie dont une place de Tanger (décrite par Severo Sarduy) est le lieu exemplaire. En moi aussi cela parlait (c'est bien connu), et cette parole dite « intérieure » ressemblait beaucoup au bruit de la place, à cet échelonnement de petites voix qui me venaient de l'extérieur : j'étais moi-même un lieu public, un souk ; en moi passaient les mots, les menus syntagmes, les bouts de formules, et *aucune phrase ne se formait*, comme si c'eût été la loi de ce langage-là. Cette parole à la fois très culturelle et très sauvage était surtout lexicale, sporadique ; elle constituait en moi, à travers son flux apparent, un discontinu définitif : cette *non-phrase* n'était pas du tout quelque chose qui n'aurait pas eu la puissance d'accéder à la phrase, qui aurait été *avant* la phrase ; c'était : ce qui est éternellement, superbement, *hors de la phrase*. Alors, virtuellement, toute la linguistique tombait, elle qui ne croit qu'à la phrase et a toujours attribué une dignité exorbitante à la syntaxe prédicative (comme forme

d'une logique, d'une rationalité) ; je me rappelais
ce scandale scientifique : il n'existe aucune grammaire locutive (grammaire de ce qui parle, et non
de ce qui s'écrit ; et pour commencer : grammaire
du français parlé). Nous sommes livrés à la phrase
(et de là : à la phraséologie).

La Phrase est hiérarchique : elle implique des
sujétions, des subordinations, des rections internes.
De là son achèvement : comment une hiérarchie
pourrait-elle rester ouverte ? La Phrase est ache-
vée ; elle est même précisément : ce langage-là qui
est achevé. La pratique, en cela, diffère bien de la
théorie. La théorie (Chomsky) dit que la phrase est
en droit infinie (infiniment catalysable), mais la
pratique oblige à toujours finir la phrase. « Toute
activité idéologique se présente sous la forme
d'énoncés compositionnellement achevés. » Pre-
nons aussi cette proposition de Julia Kristeva dans
son envers : tout énoncé achevé court le risque
d'être idéologique. C'est en effet le pouvoir
d'achèvement qui définit la maîtrise phrastique et
marque, comme d'un savoir-faire suprême, chère-
ment acquis, conquis, les agents de la Phrase. Le
professeur est quelqu'un qui finit ses phrases. Le

politicien interviewé se donne visiblement beaucoup de mal pour imaginer un bout à sa phrase : et s'il restait court ? Toute sa politique en serait atteinte ! Et l'écrivain ? Valéry disait : « On ne pense pas des mots, on ne pense que des phrases. » Il le disait parce qu'il était écrivain. Est dit écrivain, non pas celui qui exprime sa pensée, sa passion ou son imagination par des phrases, mais *celui qui pense des phrases* : un Pense-Phrase (c'est-à-dire : pas tout à fait un penseur, et pas tout à fait un phraseur).

Le plaisir de la phrase est très culturel. L'artefact créé par les rhéteurs, les grammairiens, les linguistes, les maîtres, les écrivains, les parents, cet artefact est mimé d'une façon plus ou moins ludique ; on joue d'un objet exceptionnel, dont la linguistique a bien souligné le paradoxe : immuablement structuré et cependant infiniment renouvelable : quelque chose comme le jeu d'échecs.

A moins que, pour certains pervers, la phrase ne soit *un corps* ?

*
* *

Plaisir du texte. Classiques. Culture (plus il y aura de culture, plus le plaisir sera grand, divers). Intelligence. Ironie. Délicatesse. Euphorie. Maîtrise. Sécurité : art de vivre. Le plaisir du texte peut se définir par une pratique (sans aucun risque de répression) : lieu et temps de lecture : maison, province, repas proche, lampe, famille là où il faut, c'est-à-dire au loin et non loin (Proust dans le cabinet aux senteurs d'iris), etc. Extraordinaire renforcement du moi (par le fantasme) ; inconscient ouaté. Ce plaisir peut être *dit* : de là vient la critique.

Textes de jouissance. Le plaisir en pièces ; la langue en pièces ; la culture en pièces. Ils sont pervers en ceci qu'ils sont hors de toute finalité imaginable – *même celle du plaisir* (la jouissance n'oblige pas au plaisir ; elle peut même apparemment ennuyer). Aucun alibi ne tient, rien ne se reconstitue, rien ne se récupère. Le texte de jouissance est absolument intransitif. Cependant, la perversion ne suffit pas à définir la jouissance ; c'est l'extrême de la perversion qui la définit : extrême toujours déplacé, extrême vide, mobile, imprévisible. Cet extrême garantit la jouissance : une perversion moyenne s'encombre très vite d'un jeu de finalités subalternes : prestige, affiche, rivalité, discours, parade, etc.

Tout le monde peut témoigner que le plaisir du texte n'est pas sûr : rien ne dit que ce même texte nous plaira une seconde fois ; c'est un plaisir friable, délité par l'humeur, l'habitude, la circonstance, c'est un plaisir précaire (obtenu par une prière silencieuse adressée à l'Envie de se sentir bien, et que cette Envie peut révoquer) ; d'où l'impossibilité de parler de ce texte du point de vue de la science positive (sa juridiction est celle de la science critique : le plaisir comme principe critique).

La jouissance du texte n'est pas précaire, elle est pire : *précoce* ; elle ne vient pas en son temps, elle ne dépend d'aucun mûrissement. Tout s'emporte en une fois. Cet emportement est évident dans la peinture, celle qui se fait aujourd'hui : dès qu'il est compris, le principe de la perte devient inefficace, il faut passer à autre chose. Tout se joue, tout se jouit *dans la première vue*.

Le texte est (devrait être) cette personne désinvolte qui montre son derrière au *Père Politique*.

Pourquoi, dans des œuvres historiques, romanesques, biographiques, y a-t-il (pour certains dont je suis) un plaisir à voir représenter la « vie quotidienne » d'une époque, d'un personnage ? Pourquoi cette curiosité des menus détails : horaires, habitudes, repas, logements, vêtements, etc.? Est-ce le goût fantasmatique de la « réalité » (la matérialité même du « *cela a été* »)? Et n'est-ce pas le fantasme lui-même qui appelle le « détail », la scène minuscule, privée, dans laquelle je puis facilement prendre place? Y aurait-il en somme de « petits hystériques » (ces lecteurs-là), qui tireraient jouissance d'un singulier théâtre : non celui de la grandeur, mais celui de la médiocrité (ne peut-il y avoir des rêves, des fantasmes de médiocrité?).

Ainsi, impossible d'imaginer notation plus ténue, plus insignifiante que celle du « temps qu'il fait » (qu'il faisait); et pourtant, l'autre jour, lisant, essayant de lire Amiel, irritation de ce que l'éditeur, vertueux (encore un qui forclôt le plaisir), ait cru bien faire en supprimant de ce Journal les détails quotidiens, le temps qu'il faisait sur les bords du lac de Genève, pour ne garder que d'insipides considérations morales : c'est pourtant ce temps qui n'aurait pas vieilli, non la philosophie d'Amiel.

*
* *

L'art semble compromis, historiquement, sociale-ment. D'où l'effort de l'artiste lui-même pour le détruire.

Je vois à cet effort trois formes. L'artiste peut passer à un autre signifiant : s'il est écrivain, se faire cinéaste, peintre, ou, au contraire, s'il est peintre, cinéaste, développer d'interminables dis-cours critiques sur le cinéma, la peinture, réduire volontairement l'art à sa critique. Il peut aussi don-ner congé à l'écriture, se soumettre à l'écrivance, se faire savant, théoricien intellectuel, ne jamais plus parler que d'un lieu moral, nettoyé de toute sensualité de langage. Il peut enfin purement et simplement se saborder, cesser d'écrire, changer de métier, de désir.

Le malheur est que cette destruction est toujours inadéquate ; ou bien elle se fait extérieure à l'art, mais devient dès lors impertinente, ou bien elle consent à rester dans la pratique de l'art, mais s'offre très vite à la récupération (l'avant-garde, c'est ce langage rétif qui va être récupéré). L'in-confort de cette alternative vient de ce que la destruction du discours n'est pas un terme dialectique, *mais un terme sémantique* : elle se range docilement sous le grand mythe sémiologique du « *versus* » (*blanc* versus *noir*) ; dès lors la destruction de l'art est condamnée aux seules formes *paradoxales* (celles qui vont, littéralement, contre la *doxa*) : les deux côtés du paradigme sont collés l'un à l'autre d'une façon finalement complice : il y a accord structural entre les formes contestantes et les formes contestées.

(J'entends à l'inverse par *subversion subtile* celle qui ne s'intéresse pas directement à la destruction, esquive le paradigme et cherche un *autre* terme : un troisième terme, qui ne soit pas, cependant, un terme de synthèse, mais un terme excentrique, inouï. Un exemple ? Bataille, peut-être, qui déjoue le terme idéaliste par un matérialisme *inattendu*, où prennent place le vice, la dévotion, le jeu, l'érotisme impossible, etc. ; ainsi, Bataille n'oppose pas à la pudeur la liberté sexuelle, mais... *le rire*.)

Le texte de plaisir n'est pas forcément celui qui relate des plaisirs, le texte de jouissance n'est jamais celui qui raconte une jouissance. Le plaisir de la représentation n'est pas lié à son objet : la pornographie n'est pas *sûre*. En termes zoologiques, on dira que le lieu du plaisir textuel n'est pas le rapport du mime et du modèle (rapport d'imitation), mais seulement celui de la dupe et du mime (rapport de désir, de production).

Il faudrait d'ailleurs distinguer entre la *figuration* et la *représentation*.

La figuration serait le mode d'apparition du corps érotique (à quelque degré et sous quelque mode que ce soit) dans le profil du texte. Par exemple : l'auteur peut apparaître dans son texte (Genet, Proust), mais non point sous les espèces de la biographie directe (ce qui excéderait le corps, donnerait un sens à la vie, forgerait un destin). Ou encore : on peut concevoir du désir pour un personnage de roman (par pulsions fugitives). Ou enfin : le texte lui-même, structure diagrammatique, et non pas imitative, peut se dévoiler sous forme de corps, clivé en objets fétiches, en lieux érotiques. Tous ces mouvements attestent une *figure* du texte, nécessaire à la jouissance de lecture. De même, et plus encore que le texte, le film sera *à coup sûr* toujours figuratif (ce pour quoi il vaut tout de même la peine d'en faire) – même s'il ne représente rien.

La représentation, elle, serait *une figuration embarrassée*, encombrée d'autres sens que celui du désir : un espace d'alibis (réalité, morale, vraisemblance, lisibilité, vérité, etc.). Voici un texte de pure représentation : Barbey d'Aurevilly écrit de la Vierge de Memling : « Elle est très droite, très perpendiculairement posée. Les êtres purs sont droits. A la taille et au mouvement, on reconnaît les femmes chastes ; les voluptueuses traînent, languissent et se penchent, toujours sur le point de tomber. » Notez en passant que le procédé représentatif a pu engendrer aussi bien un art (le roman classique) qu'une « science » (la graphologie, par exemple, qui, de la mollesse d'une lettre, conclut à la veulerie du scripteur), et que par conséquent il est juste, sans sophistication aucune, de la dire immédiatement idéologique (par l'étendue historique de sa signification). Certes, il arrive très souvent que la représentation prenne pour objet d'imitation le désir lui-même ; mais alors, ce désir ne sort jamais du cadre, du tableau ; il circule entre les personnages ; s'il a un destinataire, ce destinataire reste intérieur à la fiction (on pourra dire en conséquence que toute sémiotique qui tient le désir enfermé dans la configuration des actants, si nouvelle qu'elle soit, est une sémiotique de la représentation. La représentation, c'est cela : quand rien

ne sort, quand rien ne saute hors du cadre : du
tableau, du livre, de l'écran).

A peine a-t-on dit un mot, quelque part, du plaisir
du texte, que deux gendarmes sont prêts à vous
tomber dessus : le gendarme politique et le gendarme psychanalytique : futilité et/ou culpabilité,
le plaisir est ou oisif ou vain, c'est une idée de
classe ou une illusion.

Vieille, très vieille tradition : l'hédonisme a été
refoulé par presque toutes les philosophies ; on ne
trouve la revendication hédoniste que chez des
marginaux, Sade, Fourier ; pour Nietzsche lui-
même, l'hédonisme est un pessimisme. Le plaisir
est sans cesse déçu, réduit, dégonflé, au profit de
valeurs fortes, nobles : la Vérité, la Mort, le Progrès, la Lutte, la Joie, etc. Son rival victorieux,
c'est le Désir : on nous parle sans cesse du Désir,
jamais du Plaisir ; le Désir aurait une dignité épisté-
mique, le Plaisir non. On dirait que la société (la
nôtre) refuse (et finit par ignorer) tellement la
jouissance, qu'elle ne peut produire que des épisté-
mologies de la Loi (et de sa contestation), jamais
de son absence, ou mieux encore : de sa nullité.
Curieux, cette permanence philosophique du Désir

(en tant qu'il n'est jamais satisfait) : ce mot ne dénoterait-il pas une « idée de classe » ? (Présomption de preuve assez grossière, et cependant notable : le « populaire » ne connaît pas le Désir – rien que des plaisirs.)

Les livres dits « érotiques » (il faut ajouter : de facture courante, pour excepter Sade et quelques autres) *représentent* moins la scène érotique que son attente, sa préparation, sa montée ; c'est en cela qu'ils sont « excitants » ; et lorsque la scène arrive, il y a naturellement déception, déflation. Autrement dit, ce sont des livres du Désir, non du Plaisir. Ou, plus malicieusement, ils mettent en scène le Plaisir *tel que le voit la psychanalyse*. Un même sens dit ici et là que *tout cela est bien décevant*.

(Le monument psychanalytique doit être traversé – non contourné, comme les voies admirables d'une très grande ville, voies à travers lesquelles on peut jouer, rêver, etc. : c'est une fiction.)

Il y aurait, paraît-il, une mystique du Texte.
– Tout l'effort consiste, au contraire, à matérialiser
le plaisir du texte, à faire du texte *un objet de plaisir comme les autres*. C'est-à-dire : soit à rappro-
cher le texte des « plaisirs » de la vie (un mets, un
jardin, une rencontre, une voix, un moment, etc.) et
à lui faire rejoindre le catalogue personnel de nos
sensualités, soit à ouvrir par le texte la brèche de la
jouissance, de la grande perte subjective, identi-
fiant alors ce texte aux moments les plus purs de la
perversion, à ses lieux clandestins. L'important,
c'est d'égaliser le champ du plaisir, d'abolir la
fausse opposition de la vie pratique et de la vie
contemplative. Le plaisir du texte est une revendication justement dirigée contre la séparation du
texte ; car ce que le texte dit, à travers la particularité de son nom, c'est l'ubiquité du plaisir, l'atopie
de la jouissance.

Idée d'un livre (d'un texte) où serait tressée, tis-
sée, de la façon la plus personnelle, la relation de
toutes les jouissances : celles de la « vie » et celles
du texte, où une même anamnèse saisirait la lecture
et l'aventure.

Imaginer une esthétique (si le mot n'est pas trop déprécié) fondée jusqu'au bout (complètement, radicalement, dans tous les sens) *sur le plaisir du consommateur*, quel qu'il soit, à quelque classe, à quelque groupe qu'il appartienne, sans acception de cultures et de langages : les conséquences seraient énormes, peut-être même déchirantes (Brecht a amorcé une telle esthétique du plaisir ; de toutes ses propositions, c'est celle qu'on oublie le plus souvent).

Le rêve permet, soutient, détient, met en pleine lumière une extrême finesse de sentiments moraux, parfois même métaphysiques, le sens le plus subtil des rapports humains, des différences raffinées, un savoir de la plus haute civilisation, bref une logique *consciente*, articulée avec une délicatesse inouïe, que seul un travail de veille intense devrait pouvoir obtenir. Bref le rêve fait parler *tout ce qui en moi n'est pas étrange, étranger* : c'est une anecdote incivile faite avec des sentiments très civilisés (le rêve serait *civilisateur*).

Le texte de jouissance met souvent en scène ce différentiel (Poe) ; mais il peut aussi donner la figure contraire (quoique tout aussi scindée) : une anecdote très lisible avec des sentiments *impossibles* (*Madame Edwarda*, de Bataille).

Quel rapport peut-il y avoir entre le plaisir du texte et les institutions du texte ? Très mince. La théorie du texte, elle, postule la jouissance, mais elle a peu d'avenir institutionnel : ce qu'elle fonde, son accomplissement exact, son assomption, c'est une pratique (celle de l'écrivain), nullement une science, une méthode, une recherche, une pédagogie ; de par ses principes mêmes, cette théorie ne peut produire que des théoriciens ou des praticiens (des scripteurs), nullement des spécialistes (critiques, chercheurs, professeurs, étudiants). Ce n'est pas seulement le caractère fatalement méta-linguistique de toute recherche institutionnelle qui fait obstacle à l'écriture du plaisir textuel c'est aussi que nous sommes actuellement incapables de concevoir une véritable science du devenir (qui seule pourrait recueillir notre plaisir, sans l'affubler d'une tutelle morale) : « ... nous ne sommes pas assez *subtils* pour apercevoir l'*écoulement* probablement *absolu* du *devenir* ; le *permanent* n'existe que grâce à nos organes grossiers qui résument et ramènent les choses à des plans communs, alors que rien n'existe *sous cette forme*. L'arbre est à chaque instant une chose neuve ; nous affirmons la *forme* parce que nous ne saisissons pas la subtilité d'un mouvement absolu » (Nietzsche).

Le Texte serait lui aussi cet arbre dont nous devons la nomination (provisoire) à la grossièreté de nos organes. Nous serions scientifiques par manque de subtilité.

Qu'est-ce que la signifiance ? C'est le sens *en ce qu'il est produit sensuellement*.

Ce qu'on cherche, de divers côtés, c'est à établir une théorie du sujet matérialiste. Cette recherche peut passer par trois états : elle peut d'abord, empruntant une ancienne voie psychologique, critiquer impitoyablement les illusions dont s'entoure le sujet imaginaire (les moralistes classiques ont excellé dans cette critique) ; elle peut ensuite – ou en même temps – aller plus loin, admettre la scission vertigineuse du sujet, décrit comme une pure alternance, celle du zéro et de son effacement (ceci intéresse le texte, puisque, sans pou-

voir s'y dire, la jouissance y fait passer le frisson
de son annulation); elle peut enfin généraliser le
sujet (« âme multiple », « âme mortelle ») – ce qui
ne veut pas dire le massifier, le collectiviser; et ici
encore, on retrouve le texte, le plaisir, la jouissance : « On n'a pas le droit de demander *qui donc*
est-ce qui interprète ? C'est l'interprétation elle-
même, forme de la volonté de puissance, qui
existe (non comme un "être", mais comme un
processus, un devenir), en tant que passion »
(Nietzsche).

Alors peut-être revient le sujet, non comme
illusion, mais comme *fiction*. Un certain plaisir
est tiré d'une façon de s'imaginer comme *individu*, d'inventer une dernière fiction, des plus
rares : le fictif de l'identité. Cette fiction n'est
plus l'illusion d'une unité; elle est au contraire le
théâtre de société où nous faisons comparaître
notre pluriel : notre plaisir est *individuel* – mais
non personnel.

Chaque fois que j'essaye d'« analyser » un texte
qui m'a donné du plaisir, ce n'est pas ma « sub-

jectivité » que je retrouve, c'est mon « individu »,
la donnée qui fait mon corps séparé des autres
corps et lui approprie sa souffrance ou son plaisir :
c'est mon corps de jouissance que je retrouve. Et
ce corps de jouissance est aussi *mon sujet historique* ; car c'est au terme d'une combinatoire très
fine d'éléments biographiques, historiques, socio-
logiques, névrotiques (éducation, classe sociale,
configuration infantile, etc.) que je règle le jeu
contradictoire du plaisir (culturel) et de la jouissance (inculturelle), et que je m'écris comme un
sujet actuellement mal placé, venu trop tard ou
trop tôt (ce *trop* ne désignant ni un regret ni une
faute ni une malchance, mais seulement invitant à
une place nulle) : sujet anachronique, en dérive.

On pourrait imaginer une typologie des plaisirs
de lecture – ou des lecteurs de plaisir ; elle ne serait
pas sociologique, car le plaisir n'est un attribut ni
du produit ni de la production ; elle ne pourrait être
que psychanalytique, engageant le rapport de la
névrose lectrice à la forme hallucinée du texte. Le
fétichiste s'accorderait au texte découpé, au mor-
cellement des citations, des formules, des frappes,

au plaisir du mot. L'obsessionnel aurait la volupté de la lettre, des langages seconds, décrochés, des méta-langages (cette classe réunirait tous les logophiles, linguistes, sémioticiens, philologues : tous ceux pour qui le langage *revient*). Le paranoïaque consommerait ou produirait des textes retors, des histoires développées comme des raisonnements, des constructions posées comme des jeux, des contraintes secrètes. Quant à l'hystérique (si contraire à l'obsessionnel), il serait celui qui prend le texte *pour de l'argent comptant*, qui entre dans la comédie sans fond, sans vérité, du langage, qui n'est plus le sujet d'aucun regard critique et *se jette* à travers le texte (ce qui est tout autre chose que de s'y projeter).

*
* *

Texte veut dire *Tissu* ; mais alors que jusqu'ici on a toujours pris ce tissu pour un produit, un voile tout fait, derrière lequel se tient, plus ou moins caché, le sens (la vérité), nous accentuons maintenant, dans le tissu, l'idée générative que le texte se fait, se travaille à travers un entrelacs perpétuel ; perdu dans ce tissu – cette texture – le sujet s'y défait, telle une araignée qui se dissoudrait elle-même dans les sécrétions constructives de sa toile.

Si nous aimions les néo-logismes, nous pourrions définir la théorie du texte comme une *hyphologie* (*hyphos*, c'est le tissu et la toile d'araignée).

Bien que la théorie du texte ait nommément désigné la signifiance (au sens que Julia Kristeva a donné à ce mot) comme lieu de la jouissance, bien qu'elle ait affirmé la valeur à la fois érotique et critique de la pratique textuelle, ces propositions sont souvent oubliées, refoulées, étouffées. Et pourtant : le matérialisme radical auquel tend cette théorie, est-il concevable sans la pensée du plaisir, de la jouissance ? Les rares matérialistes du passé, chacun à sa manière, Epicure, Diderot, Sade, Fourier, n'ont-ils pas tous été des eudémonistes déclarés ?

Cependant la place du plaisir dans une théorie du texte n'est pas sûre. Simplement, un jour vient où l'on ressent quelque urgence à *dévisser* un peu la théorie, à déplacer le discours, l'idiolecte qui se répète, prend de la consistance, et à lui donner la secousse d'une question. Le plaisir est cette question. Comme nom trivial, indigne (qui, sans rire, se dirait aujourd'hui hédoniste ?), il peut gêner le retour du texte à la morale, à la vérité : à la morale de la vérité : c'est un indirect, un « dérapant », si l'on peut dire, sans lequel la théorie du texte redeviendrait un système centré, une philosophie du sens.

Ne jamais assez dire la force de *suspension* du plaisir : c'est une véritable *époché*, un arrêt qui fige au loin toutes les valeurs admises (admises par soi-même). Le plaisir est un *neutre* (la forme la plus perverse du démoniaque).

Ou du moins, ce que le plaisir suspend, c'est la valeur *signifiée* : la (bonne) Cause. « Darmès, un frotteur qu'on juge en ce moment pour avoir tiré sur le roi, rédige ses idées politiques... ; ce qui revient le plus souvent sous la plume de Darmès, c'est l'aristocratie, qu'il écrit *haristaukrassie*. Le mot, écrit de cette façon, est assez terrible... » Hugo *(Pierres)* apprécie vivement l'extravagance du signifiant ; il sait aussi que ce petit orgasme orthographique vient des « idées » de Darmès : ses idées, c'est-à-dire ses valeurs, sa foi politique, l'évaluation qui le fait d'un même mouvement : écrire, nommer, désorthographier et vomir. Pourtant : comme il devait être ennuyeux, le factum politique de Darmès !

Le plaisir du texte, c'est ça : la valeur passée au rang somptueux de signifiant.

*
* *

S'il était possible d'imaginer une esthétique du plaisir textuel, il faudrait y inclure : *l'écriture à haute voix*. Cette écriture vocale (qui n'est pas du tout la parole), on ne la pratique pas, mais c'est sans doute elle que recommandait Artaud et que demande Sollers. Parlons-en comme si elle existait.

Dans l'Antiquité, la rhétorique comprenait une partie oubliée, censurée par les commentateurs classiques : l'*actio*, ensemble de recettes propres à permettre l'extériorisation corporelle du discours : il s'agissait d'un théâtre de l'expression, l'orateur-comédien « exprimant » son indignation, sa compassion, etc. *L'écriture à haute voix*, elle, n'est pas expressive ; elle laisse l'expression au phéno-texte, au code régulier de la communication ; pour sa part elle appartient au géno-texte, à la signifiance ; elle est portée, non par les inflexions dramatiques, les intonations malignes, les accents complaisants, mais par le *grain* de la voix, qui est un mixte érotique de timbre et de langage, et peut donc être lui aussi, à l'égal de la diction, la matière d'un art : l'art de conduire son corps (d'où son importance dans les théâtres extrême-orientaux). Eu égard aux sons de la langue, *l'écriture à haute voix* n'est pas phonologique, mais phonétique; son objectif n'est pas la clarté des messages, le théâtre des émotions; ce qu'elle cherche (dans une perspective de jouissance), ce sont les incidents pulsionnels, c'est le langage tapissé de peau, un texte où l'on puisse entendre le grain du gosier, la patine des consonnes, la volupté des voyelles, toute une stéréophonie de la chair profonde : l'articulation du corps, de la langue, non celle du sens, du langage. Un certain art de la mélodie peut donner une idée de cette écriture vocale; mais comme la mélodie est morte, c'est peut-être aujourd'hui au cinéma qu'on la trouverait le plus facilement. Il suffit en effet que le cinéma prenne *de très près* le son de la parole (c'est en somme la définition généralisée du « grain » de l'écriture) et fasse entendre dans leur matérialité, dans leur sensualité, le souffle, la rocaille, la pulpe des lèvres, toute une présence du museau humain (que la voix, que l'écriture soient fraîches, souples, lubrifiées, finement granuleuses et vibrantes comme le museau d'un animal), pour qu'il réussisse à déporter le signifié très loin et à jeter, pour ainsi dire, le corps anonyme de l'acteur dans mon oreille : ça granule, ça grésille, ça caresse, ça râpe, ça coupe : ça jouit.

Table

Affirmation, 9

Babel, 9

Babil, 11

Bords, 13

Brio, 22

Clivage, 22

Communauté, 23

Corps, 26

Commentaire, 27

Dérive, 28

Dire, 29

Droite, 33

Echange, 34

Ecoute, 36

Emotion, 36

Ennui, 37

Envers, 38

Exactitude, 38

Fétiche, 39

Guerre, 40

Imaginaires, 46

Inter-texte, 50

Isotrope, 51

Langue, 51

Lecture, 52

Mandarinat, 52

Moderne, 55

Nihilisme, 60

Nomination, 61

Obscurantisme, 63

Œdipe, 64

Peur, 65

Phrase, 67

Plaisir, 70

Politique, 71

Quotidien, 72

Récupération, 73

Représentation, 75

Résistances, 77

Rêve, 80

Science, 81
Signifiance, 82
Sujet, 82
Théorie, 85
Valeur, 87
Voix, 88

Du même auteur

AUX MÊMES ÉDITIONS

Le Degré zéro de l'écriture
suivi de Nouveaux Essais critiques
1953
et « Points Essais » n° 35, 1972

Michelet par lui-même
« Écrivains de toujours », 1954
réédition en 1995

Mythologies
1957
et « Points Essais » n° 10, 1970
et édition illustrée, 2010
(établie par Jacqueline Guittard)

Sur Racine
1963
et « Points Essais » n° 97, 1979

Essais critiques
1964
et « Points Essais » n° 127, 1981

Critique et vérité
1966
et « Points Essais » n° 396, 1999

Système de la mode
1967
et « Points Essais » n° 147, 1983

S/Z
1970
et « Points Essais » n° 70, 1976

Sade, Fourier, Loyola
1971
et « Points Essais » n° 116, 1980

Roland Barthes par Roland Barthes
« Écrivains de toujours », 1975, 1995
et « Points Essais » n° 631, 2010

Fragments d'un discours amoureux
1977

Poétique du récit
(en collab.)
« Points Essais » n° 78, 1977

Leçon
1978
et « Points Essais » n° 205, 1989

Sollers écrivain
1979

La Chambre claire
Gallimard / Seuil, 1980

Le Grain de la voix
Entretiens (1962-1980)
1981
et « Points Essais » n° 395, 1999

Littérature et réalité
(en collab.)
« Points Essais » n° 142, 1982

L'Obvie et l'Obtus
Essais critiques III
1982
et « Points Essais » n° 239, 1992

Le Bruissement de la langue
Essais critiques IV
1984
et « *Points Essais* » *n° 258, 1993*

L'Aventure sémiologique
1985
et « *Points Essais* » *n° 219, 1991*

Incidents
1987

ŒUVRES COMPLÈTES
t. 1, 1942-1965
1993
t. 2, 1966-1973
1994
t. 3, 1974-1980
1995
Nouvelle édition revue, corrigée
et présentée par Éric Marty, 2002

Le Plaisir du texte
précédé de Variations sur l'écriture
(préface de Carlo Ossola)
2000

Comment vivre ensemble
Simulations romanesques de quelques espaces quotidiens
Cours et séminaires au Collège de France 1976-1977
(Texte établi, annoté et présenté par Claude Coste,
sous la direction d'Éric Marty)
« *Traces écrites* », *2002*

Le Neutre
Cours et séminaires au Collège de France 1977-1978
(Texte établi, annoté et présenté par Thomas Clerc,
sous la direction d'Éric Marty)
« *Traces écrites* », *2002*

Écrits sur le théâtre
(Textes présentés et réunis par Jean-Loup Rivière)
« Points Essais » n° 492, 2002

La Préparation du roman I et II
Cours et séminaires au Collège de France
(1978-1979 et 1979-1980)
« Traces écrites », 2003

L'Empire des signes *(1970)*
« Points Essais » n° 536, 2005

Le Discours amoureux
Séminaire à l'École pratique des hautes études
(1974-1976)
« Traces écrites », 2007

Journal de deuil
(Texte établi et annoté par Nathalie Léger)
« Fiction & Cie » / Imec, 2009
et « Points Essais » n° 678, 2011

Le Lexique de l'auteur
Séminaire à l'École pratique des hautes études (1973-1974)
Suivi de Fragments inédits
de Roland Barthes par Roland Barthes
(avant-propos d'Éric Marty, présentation
et édition d'Anne Herschberg Pierrot)
« Traces écrites », 2010

Barthes
(textes choisis et présentés par Claude Coste)
« Points Essais » n° 649, 2010

Sarrasine de Balzac
Séminaire à l'École pratique
des hautes études (1967-1968, 1968-1969)
(avant-propos d'Éric Marty,
présentation et édition de Claude Coste et Andy Stafford)
« Traces écrites », 2012

CHEZ D'AUTRES ÉDITEURS

Erté
Franco-Maria Ricci, 1973

Arcimboldo
Franco-Maria Ricci, 1978

All except you
(illustré par Saul Steinberg)
Galerie Maeght, Repères, 1983

Sur la littérature
(avec Maurice Nadeau)
PUG, 1980

La Tour Eiffel
(en collab. avec André Martin)
CNP/Seuil, 1989, 1999, 2011

Carnets du voyage en Chine
Christian Bourgois/Imec, 2009

IMPRESSION : NORMANDIE ROTO IMPRESSION S.A.S À LONRAI
DÉPÔT LÉGAL : MAI 2014. N° 116105-6 (1904252)
IMPRIMÉ EN FRANCE